KB194468

유배지에서 유배되다

시와반시 기획시인선 032
유배지에서 유배되다

펴낸날 | 2025년 6월 1일 초판 1쇄

지은이 | 이지현
펴낸이 | 강현국
펴낸곳 | 도서출판 시와반시

등록 | 2011년 10월 21일 등록(제25100-2011-000034호)
주소 | 대구광역시 수성구 지산로 14길 83, 101-2408호
전화 | 053) 654-0027
전송 | 053) 622-0377
전자우편 | khguk92@hanmail.net

ISBN 978-89-8345-164-4   03810

시와반시 기획시인선 032

유배지에서 유배되다

이지현 시집

시와반시

| 자서 |

신은 인간을 다스린다지만
시는 신을 비롯한 세계 인류를 구원한다.

2025년 5월 메타포이지현

| 차례 |

제1부 안 봐도 될 만큼 본 듯한

12 우리

13 밀물에 태워

14 안 봐도 될 만큼 본 듯한

16 무인도

17 그다지

18 잔치 가는 날의 구가

19 꺼지고 말았다

20 어느덧 온 거 같다

22 눈물이 눈물에 대는 한 번의 슬픔

25 혹여

26 들깨 밭 임자의 중얼거림

29 소견

30 뛰는 눈길

32 어이없는

34 이울다

36 뜬금없이 그는

39 선분 A와B

42 하지의 끈

제2부 비명과 함께 즉사했던 내 발자국

46   차나무와 나

47   그래서인지

48   희숙한 물체

50   나무랄 데 없이

52   이만하면

54   깨어나 생각났던 37쪽

57   비명과 함께 즉사했던 발자국

58   준후에게 들은 말

60   이것조차도

61   구월의 밀어

62   한번 해 보자던

64   그때의 봉숭아인 듯

66   중독도 아니면서

68   꽃 자랑 들어줄 사람

70   보내지 않았습니다

73   이 얼마나 뜨거운 일인가

74   시가 있어 좋다고 좋아하는

제3부 진료실에서 북두칠성이 오다

78   시

79   처음 맞이하는

80   진통제

82   나와 맞먹는

84   하산길

85   함의를 보다

86   방관자에 대하여

88   진료실에서 북두칠성이 오다

90   숨은 꽃말

92   그대의 그대가

94   다음이 생긴 거다

96   모든 관계는

99   서러웠다

102   빠른 시간을 산 듯

104   캘리에서는 ㄹ이 꽃이라는데

106   그날의 자극

109   유배지에서 유배되다

제4부 더이다

114   금방이야

115   꾸준히 웃는다

118   소문

120   뒤주

122   무궁화 꽃이 피었습니다

124   두꺼운 고전들이

126   쓰나미

129   어머니 시

133   잊는다는 거

135   태양의 여자

137   사라지다

139   낮잠

141   위로

143   쓸쓸한 만큼

145   더이다

146   한때였다

149   나의 성지순례이야기

160   이지현 시인에게 ㅣ 고병돌

제1부

안 봐도 될 만큼 본 듯한

우리

전신에 눈을 맞고도 얼지 않는 꽃잎과
살아 있는 뜨거운 꽃잎 위에서도 녹지 않는 눈

밀물에 태워

첫돌 답례품엔 빛과 소금처럼
밝고 건강한 아이로 키우겠다는
메시지가 있었다
식지 않는 태양
마르지 않는 바다
이보다 더 큰 덕담이 있을까
하늘을 품는 바다가 되기를
할머니인 나도 소원하면서도
손자 준후의 돌잡이가
어떻게 방송인이셨던
할아버지의 마이크가 되었는지
공교로움을 떨칠 수 없었다
작은 알갱이부터 큰 입자까지
한 통 가득 찬
아무도 딛지 않은
하얀 세상을 들여다보는데
어떤 정적이 나를 밀물에 태워
염전으로 가 버렸다

안 봐도 될 만큼 본 듯한

꽃은 폈다 졌다
제행무상을 배우면서
불변을 말하던 지난겨울을 얼른 편다
내 안에 있어 궁금하지 않던 날이
답답함이 된 지 며칠
먼 곳서 온 꽃잎처럼 먼 곳으로 든 듯하다

감히 누구도 흔들지 못하는
서원 같던 본심 하나 철석같이 믿고 싶다

아직 봄인데 가을 앞에 나타나던 초기 증상처럼 차
고 서늘하다
그 찬 공기가 쥐어줬던 불면은 얼마나 지독했는지
모른다
깊은 밤은 절대 소환하지 않는다는 걸 훤히 알고
있는
그래서 너는 나의 병렬적인 페이지

나의 음역은 너의 음역이라 역설하지만
구체적이지 못한 희미한 것들의 행렬이
덜 마른 아침 사이로 예민한 사안처럼
구체성을 띠며 덤빈다

너를 본 날은 손가락으로 세는데
다시는 안 봐도 될 만큼 본 듯한 순간이 너무 아프다

내리는 세월의 시름 속에서도
오르기만 했던 붉음의 계단들
그 벅참은 가슴에 둘 거다
며칠을 망설이다 차마 꽃대를 내려온 꽃잎인 양
극지의 생물처럼 나름의 의식이 필요할 듯하다

무인도

—옹도

장옥정의 시약에 들이갔다는 독초를 봤다

바닷물에 잠길 듯 말 듯한
시멘트 첫 계단을
들었다 나갔다 하며
오르면 지우고
오르면 지우는
사람의 발자국을 처단하는 파도

그다지

책 출간으로 받은 선물 중에

놓아 줄 수도 잡아 둘 수도 없는 그다지 하나가 눈길을 끈다

마음에 들면서도 체온이 다른 부담스러운 존재

녹색의 나비목걸이

나를 두고 버젓이 여기도 날고 저기도 날고

곡선의 불처럼 젊디젊은 자유를 한번 보란 듯

온 사방 천지를 날아다닐 것이 분명한 불연속성의 나비

고로 극한 직업인 감시자가 될 것이 뻔한

나에게는 영 그런 그다지인 나비

화분이 없는 나를 별로 하며 훌쩍 날아갈 듯한

그래서 서로가 그다지인 관계

꽃이 못 됨을 빙자한 나는

나비의 지조를 운운하며 그다지 그다지 한다

잔치 가는 날의 구가

하늘이 땅을 빼면 살 수 없을 거다
해가 그림자를 없앤다면 지레 죽음이듯
동쪽이 마주한 서쪽을 뺀다면 해는 금방 타버릴
거다
무성한 가지들이 뿌리를 버린다면 바로 쓰러지고
마는 나무처럼
세상이 시를 모른다면 우주는 멈출 거다

허우적이지 않는 빠진 생명들
떡보다는 자유로 부르리라

꺼지고 말았다

낮에 무심천 벚꽃의 만개로
천지사방에서 터지던 그때 웃음소리를 기억한다

천둥과 번개 비바람
그들에게 한 이파리의 어린 꽃도 매달려 있게 해서
는 안 된다는
지령이 있었던가
계기의 눈금도 읽지 못한다는 그날 밤의 혼돈 긴
급사태
인간들이 별을 무시하고 달을 경계하고 심지어 해
까지 거부한다면서
어둠을 통해 모조리 쓸어버리라고 했는지도 모르
겠다

밖은 흐리고 장엄한 꽃들의 시신으로 근엄하다
꽃보다 낙화를 전하려는 순간
통화 종료보다 먼저 봄이 꺼지고 말았다

어느덧 온 거 같다

남은 한 번
언제가 될지는 알 수 없는 일
그곳으로 가기 위한 준비 매일매일이었다
담담함 속에서도 불안은 조그맣게
괜찮으냐고 물어보는데 말이 없었다
겨울인데 혼자 봄인 척하는 꽃처럼 애처로웠다
화장대 밑에 같이 버린 줄 알았던
미스트 뚜껑이 몸통을 잃은 채 처박힌 모습
내가 없음 자신도 마찬가지라던 그이가 불쑥
짝은 맺음도 함께하는 것이 바람직하다는 순간이
어느덧 온 거 같다

─어제 눈이 아니네
밤사이 새 눈이 내렸나 보네─

호전 속에 늦가을이다
이만한 게 어딘데 어딘데 하면서 견딘 사이
나와 동격이 되어 나란히 밥을 먹으며

티브이를 시청하는 헌 뒤집개
떠나야 할 것들이 나를 종용하는가
망연자실 감지한 밥알들이 입안에서 조용하다
그저 씹는 둥 마는 둥한 적막들이
윗니가 없는 소처럼 느리고 아주 더디게 우물거린다
이 처연한 음원은 어디를 거쳐 나에게로 오는가
추구하는 것보다 같음 그쪽으로 기우는 건
낙엽들이 저리 부둥켜안고 깊어감이리라

온전히 가을이 가기 전에 한번 보자던 그
생에 온전한 것이 어디 있다고
가을도 겨울 속에
죽음도 삶에 해당되지 않던가
전원이 없다는 진단이
싸늘한 낙엽들의 침묵을 침묵한다
몰래 그대 뒷모습을 터치하던 순간처럼
밖의 배경은 온통 사유다

눈물이 눈물에 대고 우는 한 번의 슬픔

비가 있는 줄 알면서도 밖으로 나온다
젖은 그림자만 놓고 사라진 비
흐름의 속성을 벗어남인가
고인 물이 아프다
부서진 빗방울들이 그저 먼 하늘을 쳐다보는 것처럼
나이면서 나 아닌 내가 실로 아득하다
우왕좌왕하던 낙엽들이 더없이 차분하다
이유도 없이 그리 서럽지도 않으면서 어제부터 자
꾸 물이 모인다
퍼내고 퍼내도 바닥이 보이지 않는다

−꽃 따라 향도 시드네
가마솥에서 피어나던 그윽한 여물 내음
지극히 지는 국향을 닮았네
소가 그리도 그리던 꽃인 줄 누가 알리오−

문득 보이지 않던 국화의 참혹한 몰골이

사정없이 나에게로 퍼붓는다

　눈물이 눈물에 대고 우는 한 번의 슬픔이면 되는
것을

　마트에서도 생강을 다듬는 주방과 pc방 장소를 가
리지 않는 걸 보면

　나를 샘물로 치는 듯하다

　가을은 왜

　죽음과 삶이 동시 등장하는 클림트의 그림처럼

　달을 만나러 가던 날 설렘 속에 찍힌 얼룩진 미소
처럼

　방에 들어온 비가 바람이 밀었다는 핑계처럼

　슬픈 맛이 조금씩 다 배어 있는지 모르겠다

　안방 문소리가 어제와 똑같은데 운다고 한 것처럼

　숙성되면 엄청날 건데

　의자를 한참 벗어난 그림 속의 어떤 기다림처럼

　먼 그리움인 양 마냥 서 있다

　오는 듯 아니 오는 듯

서성거리는 우산을 접으니
도처에 깔린 나를 채집하는 가을이다

혹여

잊을 만하면 찾아오는 그대
시와 때를 가리지 않고 불쑥 불쑥 들이대는 그대
밉지 않다
하지만 신경림 시인의 「제삿날 밤」을 뫼시고
카톡으로 찾은 늦은 방문엔 으스스했다
밤 11시 27분에 받았으니 차례 시간이 임박했다
는 걸 알았다

얼마 전에 사랑을 잃고 나는 쓰네 라고 시작되는
기형도 시인의 「빈집」을 받았는데
그대가 잃은 사랑이 나일까

들깨 밭 임자의 중얼거림

이사 가신다고
마지막처럼 먹던 밥 몹시도 질벅거렸어요
피했는데 그대에게 잡혀 버린 내 눈물이
붙잡지도 못할 하릴없음을 아는지
그저 웃다가 쉬었다가 흐르다가 했지요
밥공기를 빙빙 돌던 물끄러미처럼
밥알만 세던 그날의 숟가락처럼
하나도 건질 수 없는 여지없이 가버린 날들이
축축하게 내려와요

가을 한복판 어둑어둑 어둠이 들어섰는데도
야행성을 띠며 어둠만큼 더 굵고 묵직하게 떨어지
던 소리에
선뜻 발길을 옮기지 못했던 우리였지요
하물며 저 여자들은 뭐 하는 여자들이냐며
아침부터 밤늦게까지 집에도 안 가고 매일같이
밤만 줍는다는 들깨밭 임자의 중얼거림을 듣고 많

이 웃었지요
　밤이 익을 때면 꼭 한 번씩
　그때처럼 벌게진 얼굴에 거미줄을 떼어 내면서
　모기에 깨물리면서도 밤밭을 벗어나지 못하고
　밤밖에 보이지 않던 서로를 부르며 확인하던 큰소
리가
　먼 데서 오는 긴 기적처럼 아프게 베어 들어요

　미현이 엄마 모르지요
　김치며 된장이며 나누기도 잘하던 그대가
　2집에 실린 '폐가'라는 제목의 시를 무처럼 뽑아
들고
　밤밭에까지 와서 마음에 닿았다는 순간을 떼어줄 때
　한 포기의 시가 애독자가 곁에 있었구나 하면서 굉
장히 고마웠어요
　그리고 원이 아빠 퇴원시켜 주던 날
　시어머님 기일을 잊었다가 형님에게 혼났다는 뒷

애기에
　　몸 둘 바를 모르게 뜨거웠던 미안함
　　저장하고 있다는 걸
　　　－폐가－
　　돌아다보는 흐린 눈빛과
　　따라가지 못하는 남은 것들의 서러움이
　　고스란히 삭아가고 있다

소견

가난하지 않은 내 눈물로 물길을 내고
울음에 잠기는 밤
크지 않은 내 얼굴 가장자리에
꽃을 이고 있는 월계관을 뿌리리라
봄의 꽃 아래서
소멸로 가는 나의 모든 것
천지에 소유할 수 없는 것들만 남았다는
눈 코 입
그래도 아직은 유효한
나를 기억한다던 웃음소리
웃음소리가 지금도 한창인 내 얼굴
그 소리 위에 환하게 열리는 삼월을 옮기고
연두에서 초록으로 가는 길을
빼곡하게 칠하리라

뛰는 눈길

아무도 뭐라고 하지 않았는데
별이 뜨고 싶지 않은가 봅니다
그 마음처럼
저도 죽었다 하고 싶습니다
밖은 눈앞의 어둠을 검정이라 부르고 있습니다
놀이터의 여름은 아이들을 집으로 보내지 않습
니다
이때쯤 끝별이란 이름으로 궁금했다 할 만한데
물길을 끊어 놓았던 사진 속 나무 그림자같이
내일은 도저히 해가 오지 않을 것처럼 밤은 백지
장입니다
그가 아닌지 들리는 신호음을 직각으로 돌아보며
뛰는 눈길을 잡지 못하고 있습니다
알다가도 모르는 사람들의 마음처럼
보였다 안 보였다 하던 어린 발자국들 잠잠합니다
부침개를 하던 날 소복하게 들어앉았던 부추 전 냄
새처럼

방은 온통 그로 꽉 찬 듯 문이 열리지 않습니다
어딘가에 있다며 서로를 쳐다보며 반짝였던 그곳
별을 생각하는 하루 속엔
산촌 오두막이 서려 있었습니다

어이없는

살이 며칠 외출했을 뿐이라고
별일 아닐 거라고 치부했는데
전부가 될 수 있다며
일어나라 합니다
조언은 언제나 푸른 슬픔 같은 거
진화된 줄 알았던 불안의 씨앗은
모질고 독하게 그야말로
진화의 모습이었습니다
안다는 것이 외롭고
모른다는 것은 두려웠습니다
생의 전부는 또 무엇인가
삶이 더 열렬해지는 시점
넓어지는 지경으로
죽을 지경입니다

직거래장터에 나온
더는 익을 수 없는

멀거니 앉아 있는 호박처럼
끝나지 않은 나의 시간도
따질 것만 같습니다

이울다

염위가 기승을 기승을 부린다고 가을을 기다리진
않았다
이울면 저절로 가고 오는 것을
초록이 지는데 애끓음을 알면서도
키보다 더 큰 마른 그림자를 허적허적 따라가는 여
름 풍경
띄엄띄엄 그리고 느린 템포로
귀뚜라미를 불러들이는 내밀한 매미 소리
한 계절의 끝을 거침없이 쫓는 나
생은 헌 나를 버리고 싶은지
어제는 눈이 시고 여기 문득 저기 문득
문득문득 파문을 그리며 머리가 아팠다
쳐다보는 하늘에 무덤 속의 표정들이 새겨지고
지금 마침표를 사용해도 충분한데
태릉 선수촌의 치열함처럼
절실하게 딴 죽을 수 있는 자격증 소지자인데도
허공을 들여다보며 나는 거기 있으면 안 된다고

절대 안 된다고 중얼거렸다
풀도 자람을 멈춘다는 처서
아직은 가을의 것이 아니라고 하면서도
전자레인지에서 빙글빙글 돌다가
돌이 되어버린 화권의 꽃빵처럼
그늘로 내려앉은 나

뜬금없이 그는

−코로나 19

식사량이 많이 줄었다

나는 어제와 같이

이 정도는 먹어야 생활할 수 있다고 했더니

뜬금없이 그는

우리가 자식들에게 필요한 사람이 아니잖아라고

했다

대뜸 나는 내가 필요해요 그리고 당신도

내가 한 이 말도 그이처럼 대답이 아닌 무의식의

발현은

존재의 시간 시간밖의 사건이었다

떨어뜨린 쌀 네 톨을 바닥에서 주워 쿠쿠밥솥 앞

에 놓고

언제 또 우리 준후가 왔다 갔나 하면서 어렴풋한

미소를 주더니

여느 때처럼 방으로 갔다

나는 그가 그토록 그리는 손자가 될 때가 아주 많다

정적 위로 내리던 비통은 화려했다

저녁을 챙기는 식탁에
외로움의 투영이 난입했던가
관계에 용도 쓸모라는 단어가 성립은 하는 건지
한처럼 들리던 고즈넉한 그의 표정은
검토의 여지없이 동시통역으로 갔다
새의 지저귐을 흔들어 쫓는 잎 진 하루가
수정체 위를 어룽댄다
보일 듯 보일 듯 봄이 보일 듯한데
흔쾌히 나는 떨어진 것들이 쌓인다는 음습한 곳이
된다

−밤하늘은 있어도 별이 살지 않는
그 누구도 살지 않는
살아도 살지 않는
생각을 보고 생각을 듣고

생각과 말을 하는 징역도 아닌 이곳-

하긴 육아 휴직이 끝난 3월부터 손자를 돌봐준다고
든든한 아들네로 왔는데 출근이 6월에서 무한정의
연기
곁으로 온 지 9개월 남짓
이것저것 둘러봐도 손색없으니 그이 말도 일리는
있는 듯하다

선분 A와B

상실이 흘리는 검붉은 시간들
또 무엇과 동거가 될지 모르나
불안을 재워주며 수술 직전
형식까지 수정하면서 네 시간의 죽음에서
나의 부활과 함께 천사로 거듭나게 한
시 같은 그는 나의 누구인가
손이 많이 가야 되는
심지어 급발진 소리를 듣는 엄마인데
선서*에 나오는 영원한 기초
필요조건이 바로 출력이 된 거다

막무가내 절규로 찾았던 선생님
환자의 생각을 가로채지 않고
"저 아무 데도 안 가요" 하던 심중의 소리
기피하는 주사 대신 약으로 대체하면서
괜찮다고 스트레스받을 필요 없다던 안도감
말은 마음의 씨앗

모든 진료는 환자의 관점에서 이뤄졌다

어느 이른 새벽 끔찍한 나의 발견이 있던 날
이 세상이 나와는 어울릴 수 없는 별개라는
적합하지 않다는 참담함
결별이 온다면 서로에게 산소였던 나의 시
어쩌지 어떻게 하지
전신이 어두워지던 23년 그해 봄처럼
간밤에로 출발하는 으스스한 사람들의 얘기처럼
자식들이 부모의 죽음을 티브이 자막으로 알았다는
이름 지을 수 없는 이산가족들의 비애
불시에 나도 정지될 수 있다는
수습할 수 없는 상상까지 곁들이는
이런 나를 인지했음인지
마음을 내주던 관계의 소리
"글 쓰셔야지요"라는 환산할 수 없는 정제된 알칼
리수

나는 나의 새봄을 걸고 그를 들이며
엄연히 존재해야만 되는
절대적인 가치를 부여받는다

–아 세상은 나의 맞춤형
곳곳에 춤을 추는 옥시토신**

아픔도 죽음도 철저히 개별적이라는 글
공감했지만 평소 예외 1%를 중시했던 나답게
곁에는 서설***이 함께하고 있었다
서로를 지켜주는 땅과 하늘의 섭리처럼

* 히포크라테스 선서
** 상호작용
***정형외과 정형진 교수님

하지夏至의 끈

-코로나 19

부재중이 와 있어서 전화를 했다는 거다
어디냐고 묻는다

121계단을 오르는 막바지 산행 중인데
목소리보다 고르지 못한 숨소리를 먼저 들었나
보다
굉장히 놀랐다고 한다
되레 고맙고 다행이라는 말
마스크에 힘들 거라며 그늘로 가라는 당부

안 가본 길에서 대면한 다른 이름의 풀꽃처럼
크게 반가웠던 그날 그 순간
한 번 더 만날 수도 있었는데
다시 오지 않는 잘못해서 놓친 손처럼
자책을 동반한 아쉬움이 아직 그대로인데
생의 마지막 소리를
맨 처음 발견한 사람이라도 되는 듯

가장 최소 단위의 거리 밀착이 황급히 들어선다
말의 죽음 속으로

나는 걸지 않았는데 보다 못한 애틋함이 작동한
거다

제2부

비명과 함께 즉사했던 내 발자국

차나무와 나

생존이 열악하면
더 많은 꽃을 피운다는 차나무
불행한 사람들이
글을 쓴다는 누군가의 단 한 줄

어둠이 빛으로 나아가고
없음이 있음이 될 때까지
우리는 질 수도
져서도 안 되는
내일이 기다리는
세상의 꽃

그래서인지

늘 자신에게
속한다던 그를
알고 보니
계절도 타지 않고
나이도 타지 않으니
언제나 봄 같더라
비행기를 타니
하늘을 탈 수 없고
산은 타면서
오르락내리락
건반은 안 타니
탄탄하더라
시간도 타지 않고
태울 줄도 모르니
부끄럼만 타더라

희슥한 물체는

주상복합아파트
젊은이들이 많이 산다는 곳
엘리베이터와 통로에서 얼핏 봐도
딸보다 훨씬 어린 입주자들
낯선 주방 창으로
의미가 되지 않는 공사장 박동 소리를 쳐다보며
서서 대충 몇 숟갈 떴다
같이 살 수 있다고 장담했는데
한 주가 훌쩍 지난날까지도 제자리를 찾지 못해
혼자 거실 벽 쪽을 바라보며 나처럼 심란했을
오래된 장식장 파란들
결국 대형폐기물 스티커로 뽑혀 나갔다
정면 정면에서 가차 없이 그림자를 끌고 태연하게
나를 빠져나가던 태양의 냉혹함처럼

정리는 분명 됐는데 그렇지 않은 머리 속
답답하다 답답하다 했더니

엉뚱하게 많지도 않은 앞머리를

솎아내기도 아닌 제대로 뽑아 듬성듬성해진 이 과

공비례

젊은이들이 나를 슬쩍하리라는 짐작

치명타의 수습이 낭패인데

폰은 떨어진 식욕처럼 충전을 거부하고

나는 외부와 차단 됐다

그날 거울에 나타난 희슥한 물체는

영락없는 트리쉐이드* 새치였다

* 아파트 이름

나무랄 데 없이

엄마가 오셨다
어떻게 알고 여기까지
집을 옮긴 지 열흘 어수선한데
내 방 침대 머리맡에서 불길이 솟았다
연기 사이로 아궁이를 들여다보시던 생시 엄마다
따뜻해졌다는 듯
내 침대에 누우시면서 팔을 내밀었다
곁에 눕는 순간 눈이 깼다
일어나 우두커니 있었다
이 염천에 불을 지피신 엄마
아무 말 없었지만 나무랄 데 없이
내 마음을 입히려 오신 거다
중복이 제일 덥다며
네발짐승으로 복 땜을 하자는 말씀이 떨어지자
잔치 준비라도 하듯 들떴다
뒤꼍 토끼장으로 아버지를 따르던
그날의 엄마 그리고 나

어디까지 엄마를 바래다주는지

잠이 오질 않았다

이만하면

요즘 내가 가장 흔하게 쓰는 말이다
말 속으로 들어가 보면 마음에 차지 않는다는 건데
평소 나와는 맞지 않는 건데
걸핏하면 왜
됐다가 아니고 이만하면 됐다 이만하면 됐다 하고
그냥 넘어가는지 모르겠다
그렇다고 편한 것도 아니면서

딱히 기준도 모르면서
안됐다를 가지고 됐다도 아닌 이만하면 됐다면서
혼자 중얼거릴 때가 기수부지
지금도 요리를 하면서 이만하면 맛있다
거울 앞에서 봄빛이 아는 척도 않는데 이만하면 나
도 봄이다 한다

나는 절대평가자

좋아하는 것은 맹세코 아닌데

왜 이만하면을 끼고 유기체처럼 살아가는지

나마저 놓고 싶은 권태와 봄 사이가 되어 종일 뒤척인다

어쩌면 내려놓으라는 말과 비우라는 말에

덜어낼 살이 없어 무겁지도 않고 비울 것도 없다며 맞섰던 순간이

생각의 확장으로 이동하면서

이만하면이 생성된 것 같다

하긴 종교전쟁도 다분히 그럴 수 있겠구나 조금은 이해하게 됐고

책을 많이 읽지 않았는데도 많이 읽은 사람들이 쉽게 찾아내는

지름길은 아니지만 그 부근의 길을 알게 된 걸 보면

이만하면이란 보통과도 통하는

충분에서 한 발자국이 모자란 등급의 진화가 아닌가 싶다

깨어나 생각났던 37쪽

오다가다 잠깐 들른 듯하던 비가
이내 저녁을 만든다
밖을 내다보니 어디서 무엇으로 살다 온 지도 모
르는 바람이
펼쳐진 어둠을 날려버리겠다고 울부짖었다
날아간 줄 알았던 내일로 가는 진군의 밤은 시대처
럼 견고했다
눈을 떠도 아무것도 못 보는 나를 비극이라던 날
맥없이 줄어드는 세포 속으로
바깥에 있는 자식들이 초침 사이로 드는데
다 빠져나간 기차처럼 희미하다
바스락하는 마른 잎들의 풍경
그 풍경이 나라며 평소와는 다른 위치의 두통인데
며칠째 병원에 가고 싶지 않은 놀람이
어둠을 불러들이고 늘그막으로 잠적하는 해와 일
체를 이룬다
하나 빈 들녘을 두고 존재성을 운운했던 나인데

불현듯 나타난 색과 다시 돌아온 내 시의 더듬이
이것이 잠에서 깨어나 생각났던 37쪽
37쪽을 언급한 내용인가

나를 켜는 기능들이 처처에 널려 있네
고모 이모 시를 응원하는 사랑스러운 조카들
분주한 시댁 행사 때마다 언니 시 작업 잘 돼요
하던
동선이 아가씨의 절제된 한 마디
늘 대단하다며 등을 쓸어 주시던 영수 형님
때론 가족들도 이해 못 하는 직언의 나를
참이라며 공감하고 지원해주는 사랑하는 동서 영
훈이 엄마
축하 축하하며 마음껏 기뻐해 주시던 박사모님
5집을 기다리는 불대 19기 보현조 법우님들
너는 정말 천재다 타고난 시인이다 하던 나의 친
구들

식구 같은 누리회와 호청회 회원님들
뉴욕에 거주하는 폴의 터치로 여지없이 여과되네
멀어지던 태양이 다시 뛰어드네
늦된 꽃처럼 서리를 이고 새봄을 안으려네
퍼붓던 비는 검은 구름의 것이었네
싹을 품은 흙은 반드시 일어나네
현실이었네

비명과 함께 즉사했던 발자국

연緣이 다해서 그렇다고
쉽게 하는 남들의 말처럼
결론을 내리기엔 너무 어두웠다
새파란 낙엽을 들여다보는 악몽처럼
선 밖이라는 듯 사라지던 틈
집 나간 사람처럼 궁금했고
까막눈이었다는 자책으로 환하진 않았지만
그 순간의 필사는 물론 공책도 없었다
하물며 하산길 오르막도 괜찮았다
그런데도 거슬리던 입가 주름이
아무렇지도 않게 여겨지던 그때처럼
쓸쓸해지더라
초봄치고는 굵은 빗방울소리
하얗게 쏟아진 뜻밖의 벚꽃을 보고
비명과 함께 즉사했던 그날의 내 발자국
차마 강제할 수 없는 저녁이었다

준후에게 들은 말

네 살을 며칠 앞둔 손자인 준후가 소파에 올라서
더니
할머니할머니 여기 서니
텔레비전 있는 데가 작아 보여요라는 말에
기겁했다
다산의 일곱 살 시가 생각났다

-작은 산이 큰 산을 가리니
가깝고 먼 것이 같지 않다-

올라선 준후는 방충망 문까지 열어야겠다고 기를
썼다
바람이 들어오니 춥다며 조금만 여는 순간
새뜸마을 1303동 2001호에도 바람이 분다던 그 조
그만 소리
나도 따라 독백처럼
아 시다 이건 시다 우리 준후는 시다라며 되뇌었다

단어가 아닌 문장이 되어 나오는 작디작은 입을 들
여다보다가
준후야 말이 어디서 나와
입을 가리키며 요 입에서 나오니 머리에서 나오니
아니면 가슴에서 나오니 하면서 반복해서 물었다
준후는 생각하는 듯하더니 가슴이라는 바람에
우리 손자 정준후 시인하며 터질 듯 안았다

*미등단 시인 정준후는 2018년 3월 2일 세종시에서 영어학원
을 경영하는 아빠 정철원과 동남유치원 교사인 엄마 오한나의
아들로 태어났다.

이것조차도
-코로나 19

눈꺼풀이 주섬주섬 내려오고
변두리 신음도 희미해진 시간의 방탄 커피
잠시 가물가물하던 행복이
다시 일어서며 집 안을 살핀다
일만 원으로 29평에 색을 입히고
십만 원의 사이드테이블 몇 개가
지구의 받침이 되던 순간이
전생을 들여다보는 듯
해맑게 웃는다
이것조차도
벌을 받는 죄가 되고
숨기며 파묻어버리는 악이 되는지
나(자신)라도 돈을 벌고 싶다고
폐업한 아버지에게 말했던 중2 아들의 목소리가
나가지 않는다

난 KF94 마스크를 쓰지 않은 것이 분명하다

구월의 밀어

세상에서 제일 긴 사인을 한 나도
받은 그도 태초가 될 거다
시집 한 권에 수록된 내용 전부가
사인이라는 말을 닿을 듯 전했다
그건 내 안을 다 드러내어
보여주고 싶은 나의 연대기
한정 없이 쓸쓸해지는 애착이었다

하루가 내려 감기는데 나를 덮어 재우는 건
상상 속의 기다림인 해빙기였나
쌓인 눈의 얼음덩이 같은 용광로의 불꽃도
꿈이 현실로 편입된 것처럼 받아 줄 것 같은
어떤 질환과 통증의 색깔도 쾌히 접수하는
사인을 기록하는 속지는 무한 백지다
그대 가운을 닮은

한번 해 보자던
-코로나 19

우리는
덜 익은 밥이고
논에서 피는 벼의 꽃이다

늙음을 익어간다고 표현한 노랫말이 좋은데
내 마음엔 썩 들지 않더라
빨간 이파리는 지는 쪽이라는 생각이
머릿속에 늘 있어서인지 새벽까지 가더라
더구나 우리는 서로에게 다함이 된 지 겨우 3년차
익음으로 살기엔 터무니없이 너무하다

해마다 봄과 가을
다가오는 1박 2일 우리들의 여행이 보고 싶고
시 창작 수강생이 된 너의 작품도 궁금하다
긴 통화로 뜨끈뜨끈해진 폰을 가운데 두고
덥다 덥다면서 벗어던진다던 너의 조끼와
이미 벗어버린 나의 조끼

한번 해 보자던 두 조끼
쉽지 않은 이 같음의 소유
아 너무도 달았던 겨울밤
다시 다시 한번 마중하고 싶다

우리는
아직 생쌀이고
모판에 볍씨가 마땅하다

그때의 봉숭아인 듯

-코로나 19

어둠처럼 보이던 그늘에
떨어진 몇 개의 이파리는 바람의 발자국이었습니다
무한 더위 속으로 축 늘어진 수심은
깨끗한 무덤이었습니다

혹 끼치는 숲들의 땀 냄새를 안고 들어서는 봉숭
아가
유치원생들의 이름표를 달고 옹기종기
내 작은 손톱 위로 올라가던 그때의 꽃인 듯
선연히 피고 있었습니다

그 속엔
하루를 받아낸다는 지금이
신음이라는 코로나시대를
절대 알 리 없는 나의 유년이
백반을 찾아 선반으로 올라서는 작은언니 몰래
덜 핀 봉숭아꽃을

모조리 훑고 있었습니다

중독도 아니면서

병명 전 단계라는 그의 소견을 추종하는가 나는
꽃이고 물이고 나무인데 사소함까지 잃어버린 듯
중독도 아니면서 마비처럼 닫혔다
자라지 않는 나무의 시간인 듯 잠시 나를 잊었나
결함인처럼 전부가 낯설고 들리는 소리까지 생경
하다
저런 곳도 있고 이런 곳도 있네
저 소리가 새소리지
푸름이 깊은 바다의 배를 사정없이 가르는
물체의 흔적을 따라가듯
눈은 둥지에서 쫓겨 하늘을 젓고 있는
흐린 날개를 끝까지 지켜본다
아들딸은 내 자식이어서 좋고
소리 지르던 순간을 다 잊어버리고
웃고 있는 아이 같은 그를 보며 그저 웃는다
두서없이 닥치는 궂은일
봄을 품지 않는 겨울이 있었던가

나는 겨울을 믿는다

−카프치노 찻잔에
하트가 사라지고 달이 뜨더니
오늘은 달마저 이르지 않고
갈색 띠를 두른 하얀 안개가
회오리치며
그 작은 차 순갈을 덮치더라−

24시 안에 갇힌 나의 초침
벽을 보고 누우니 이게 쓸쓸함인지
허전함인지 모르겠다
쓸쓸함과 허전함 둘 중 어느 것이 가짜라도 상관
없다
서로 비슷한 구석이 있으니까*

* 정민 교수,「비슷한 것은 가짜다」

꽃 자랑 들어줄 사람

울면서 아무리 불러도 대답 안 해 주지요
49일 동안 우는 것이 일인데 아무 관심 없는 척할
거예요.
저쪽 세상에서는 알면서도 모두 그렇게 살아가는
듯해요

하루하루 견디려고 노력한다는 말조차 아팠는데
베란다 혜란도 처음 꽃을 피우고
풍란도 꽃이 늘었는데 꽃 자랑 들어줄 사람이 없네
요 라는 거기서
청주 가는 아침이 기어이 터지고 말았어요

이 세상에서는 전화도 받고 밥도 먹어야 되고
잠도 자야 한다는 거 잘 알지요
죽음이 죽어야 헤어짐이 없다는 영구난제도 고도
의 작업으로
우리는 써 내려가야 되는 곳이기도 하지요

그래야 살아있다는 증거가 돼요
박후배 노력한다는 말 믿을게요
그리고 기다릴게요

눈가 불그스레함이 생각보다 깊어요
감정과 우리는 불가분의 관계지요
불같은 꽃 앞에서 전도가 높은 눈물을
닿을 듯 들이밀었으니 난처한 빛이 될 수밖에요
외출이 있다고 먼저 일어난 한 시간
그 한 시간이 연해지는 처방전이 될 듯해요

보내지 않았습니다

많이 그리울 거라는 거 감수했습니다
문학회가 있는 날이면
어김없이 높아지던 행복지수였는데
언제부턴가 제 시의 기후는
설렘과 쓰는 재미가 달아나고 없는
재기불능의 재앙이었어요

직무유기 자막이 뜨고
긴 자율의 시간을 거치면서
자신이 수거 대상이라는 절대 소극적일 수 없다는
제 시의 결심은 단호했어요
해가 조금씩 흐려지고 한 방울의 수액도
허락지 않는 지금을
제 빛깔을 찾아가는 과정이라고
피는 꽃이 지는 꽃을 바라보며
어쩌지 못하는 임계 그런 거라고 하면 끄덕여지겠
지요

일종의 정리라고 해도 무리는 아닐 거예요
살아오면서 많은 등을 보았지만
보여주는 등은 처음입니다
그때는 재미가 없어서 사람들이 저를 떠난다는 생각
못 했음에도 묵묵히 바라보기만 한 것이
참 잘한 듯합니다
재미가 없는 제 곁에 누가 있었겠어요
두리번두리번 죄다 두고 돌아서는 등이
언젠가 들어 본 임종 체험처럼 담백했습니다
꺾어진 가지가 다시 올라가는 일은
죽어서 태어나야 가능한데
그렇다면 저는 지금 당장 죽어야 되거든요
시심이고 뭐고 본체만체 다 잊고 되는대로 살고 싶어요
한용운 님께선 진정한 사랑은 곳이 없다고 했지요
같이 있지 못해도 늘 함께함의 답글인 양

함부로 보내지 않겠다는 이 뭉클함

뭉클함은 길수록 길흠하다지요

그대 저 안쪽 보물섬에 틀림없이

이 메타포가 있을 거예요

이 얼마나 뜨거운 일인가

밖이 촉촉하다
마른 가지 이대로 드러누워도
싹이 될 것 같다
예보 속의 작은 비는
오래된 살 속으로 이내 깃들었나
봄물에 담긴 듯
전신이 버겁다

시가 있어 좋다고 좋아하는

-코로나 19

눈을 뜨면서 나오는 첫마디가 안 살고 싶다던데
안 돼 하는 이가 없더라
깨고도 일어나지 않는 걸 익히 알고 있는 베개도
그의 절실함을 거들어주는 듯 침묵 일관이더라
빛을 보면 어두워지는 된장처럼 밝은 아침이 싫다
더라
자기 하나쯤 생략해도 괜찮다고 정말 괜찮다고 하
소 하더라

시인이라는 경이가 날아가고
알고 싶은 것들이 없어지니
존재의 뒷길인 부재와의 경계도 허물어지더라
시가 있어 좋다고 좋아하는 자신이
생각할수록 좋다던 한때가 전신에 금이 가더라

코로나19 시대의 부산물인 동영상이 아침부터 난
리도 아니더라

어제는 건강 오늘은 늙음으로 가는 길목이 왔는데

마치 바르게살기 지도처럼 그려져 있더라

무슨 조항인지 무조건 참지 않으면 안 되고 알면
안 되고

소외가 안 되면 안 되는 것이

정당한 것처럼 생각해야 살아갈 수 있다는 암담
의 길

이건 일(1)도 부정할 수 없는 죽음이더라

어려운 길 입장불가를 선언하며 나가더라

시인의 전지적 시점이라 할까

잠결 벌떡 일어나 갈겨놓은 모골이 오싹했던 한
마디

당신이 나의 고향이란 프로그램이 파시波市에 푸
덕이며

불시에 배 안으로 튀어 들어온 꽤 큰 숭어를 바다
로 냅다 던지면서

"목숨을 환장하게 살 것"

제3부

진료실에서 북두칠성이 오다

시

바위를 친 달걀 하나

박살났다

피로 범벅된 바위

바위는 삐악삐악

그 위를 맴돈다

처음 맞이하는

계절학기 시험을 마치고
좋은 결과물인 외손자가 왔다
2박 3일의 짧은 시간이었지만
스무 살에서 나오는 인간애가
인류애로 퍼지리라는 예감을 품던 날
셀카에 나타난 내 얼굴에서
아주 낯선 표정을 봤다
태양이 머문 자리에서 풍기는
나한테는 절대 없던
은은한 온기 같은 것이 감돌았다
보고 또 들여다보고
정말 나인가 응시까지 갔으나
하나도 식지 않는 화수분이었다
누리 속으로 번지는 듯한
처음 맞이하는 이 온유는
무관의 제왕을 꿈꾸는 기대주
이동원의 전이가 틀림없다

진통제

통증은 말하지 않기로 했습니다
그 어떤 것도 감동이지 않은
죽음 같은 날이 찾아들었습니다
포기하라 포기하라
시를 포기하라고 하지만 시가 죄를 지은 것도 아
니고
없어져야 할 생명도 아니었습니다

4행에 포기하라고 쓴 글을 놀랍게도 저는
체포하라고 반복 읽은 걸 보면 오독이 아닌
시를 놓지 말고 잡아라는 뜻이었는지도 모르겠습
니다

마치 세상과의 헤어짐이 마음속에 있었을 때
임관 25주년 기념 타월을 펼치면서
입관이라 읽고 소스라쳤던 그날처럼
자신이 쓰고도 타인의 글로

잘못 보는 황망함에도 시 신경은 본체만체
엉뚱한 시상詩想 속으로 그가 들어간 듯합니다

꼼짝없이 죽임을 당한 게 틀림없습니다
시도 아픔이란 걸 어떻게 알았는지
그 고통이 오직 나의 버팀이라는 걸
모르니까 그랬다고 의도는 아니라고 믿고 싶습니다
일시에 내 전부를 빼앗기고 말았습니다

나와 맞먹는

성안길을 걷다가 첫눈에 들어왔던 로고
다이소*라는 이름에 끌렸다
언젠가 가자노래방 간판을 발견하고
곧바로 가자 가자를 부르며 들어가 노래한 적 있다
그때처럼
다 있는 없는 것이 없는
내가 모르는 그 무엇을 찾으려고
안 되는 일이 없는 안 될 수밖에 없다는
다 써도 또 있다는 생각까지 가능해진 다이소를 들
렀다
들어서자마자 천 원의 가치라는 멘트답게
소확행과 높은 가성비에 놀랐으며
효용 가치가 근 100%에 달하는 거의 나와 맞먹는
수준

아 어디서 왔던가
집 안 곳곳에 분신처럼 나의 소중한 다이소가 생
겼다

날을 세운 90도가 버젓이 숨을 쉬는 나
며칠이 지났을까 내 마음을 썼다는 통고가 왔다 통
과도 없이
초유의 사건인데 별일이다 캐묻지 않았다
또 있다는 더 있다는 얼마든지 존재한다는
무한리필까지 동원한 듯하다

벌써 두 번째인데
엉뚱하게 괜찮다는 말이 튀어나왔다
소중한 내 마음을 자기 마음처럼 선심을 냈다는 건데
힐책 않는 그런 내가 돼 버렸다
마음도 공기처럼 아무리 써도 평상 그대로 유지됨을
찬스로 쓴지는 모르지만
점점 무뎌지는 각 확실하다
나도 다있소

* 국민가게

하산길

불 위를 탔더니
엘리베이터로 댕겨졌다
얼굴이 정상의 징표였나
벌겋게 익었다
부지깽이로 뜸들이시던
김경란 엄마 낯빛이다

함의를 보다

흔히 안겨서 계단을 오르내리는데
서성거리며 내려오는 의외를 발견하고
돌아서는 찰나 달려들 듯 짖었다
반사적으로 뛰었다
목줄도 있었고 더구나
짖지 않는 개가
사람을 문다는 글을 읽을 때
외부의 질타를 받던 내가 아찔하게 들이쳤다
나와 그 짖음의 내용 무엇이 다른가
참 잘못한 거다
대낮인데도 나의 돌아섬이 끝내는
어둠이 세상을 삼킨다는 걸
알고 있는 듯하다

방관자에 대해서

그대들의 긍정채널 속에는 이기심이 득실거려요

벌레가 우글거리는데도 끝까지
어떻게 안 되는데 되겠지 하는 소견과 일치하기에
싫어요
여기에 한마디 반기를 들면 그만 부정적인 사람으로
오인되지만 그래도 괜찮아요

부정은 긍정으로 가는 과정이기에
긍정보다 더 많은 자산이 있다는 걸 경험하거든요
사람들은 진실 여부를 떠나 자기에게 유리하면 어
김없이 긍정이 되지요
입으로는 긍정 긍정을 부르짖지만
잘못을 보고 잘못한 거라 하면 그게 바로 긍정인데
오히려 부정적인 사람으로 오인되는 지금의 세상

—기어이 담장 위를 타는 장미

가슴 뛰게 아름답던 거기까지가 좋았다
다 내려다보이는데 자제를 모르고
울타리 밖 거리로 거리로 일로매진하더니
시들 때도 아닌데 장밋빛을 잃었다
인권을 포기한 역주행 삶처럼—

하지만 살아 있는 한 벌레를 잡아 주고 왜 들어왔
는지
왜를 조사할 거예요
문제의 발견이 지적이 되고 행사하면 월권으로 가
겠지만
나에게 부과된 사랑 의무와 책무라는 등식으로
살아온 날들처럼 물러서지 않고

꽃잎 한 장 한 장 앞뒤를 살펴 확인할 거예요
절망에 절망했던 무관심
무관심을 증오해요

진료실에서 북두칠성이 오다

중요하다고 별*을 그려주셨다
별이 열리지 않는
세종의 밤하늘을 본 듯하다

난 그의 하늘을 알지 못한다

다만 별보다 그려준 그대가
다치고부터 단 한 번도
떨어져 본 적 없는 성직의 그대가
더 소중하다는 사실과
별 하나의 순도가
무병장수 지성을 드리는
일곱 개의 별을 낳고
한 줄 시가 절절한 기도가 되는
나의 성지는 온통 별의 기억

비집고 나올 수 없는 틈 틈의 존재

하늘이 있는데도 빛이 없는 밤
울컥하고 치밀며 올라오던
그날의 별빛 대신
금단의 열매가 눈물을 단 듯
반짝이고 있었다

* 재활운동을 위한 유인물의 체크

숨은 꽃말

집으로 가야할 관계도
살아야 할 관계도 없는 나날 속
어버이날이다
연이가 계좌번호를 물어왔다
평소와는 달리
익숙지 못한 나는 왜? 하면서
그리 싫지 않은 옥신각신이 꽤 길었다
NH올원뱅크 신호음에 떨었다.
떨린다며 확인 못하겠다고 하자
엄마 무엇 때문에 떨리는데 하더니
막 웃으며 1억이라도 보낼 걸
미안하네 하더니
아무도 모르는 거라며
필요한데 쓰시라고 했다
고맙다는 말
어디서 나왔는지 모르겠다
안 그래도 된다고

극구 괜찮다고 했으면서

그대의 그대가

　그대가 나를 그대의 그대라고 불러주던 순간
　그대의 그대가 간발의 차로 그대에게 그만 밀렸구
나 싶었다
　그대가 그대라고 하던 그대의 그대에게도 그대처럼
　그대라고 하고 싶던 그대가 있었거든
　그 그대가 바로 그대였다

　동창이면서도 자주 만나지 못했던 우리는
　폰으로 서로의 일상을 늘어놓다 보니
　흐르는 물처럼 어디로 스몄는지 본론을 거슬러
　바닥의 광고지를 적시더니
　은근히 선거철로 새는 걸 보았지
　거리의 전단지를 안 받은 적 없고
　그 많은 개업장과 입후보자들의 명함을
　한 번도 거절한 적이 없다고 했을 때
　우리의 점화는 여기서부터였다

어제는 납빛 하늘이 너무 싫다며
청주의 하늘색을 물어오던 나의 친구
어떨 땐 강인함으로 또 여림으로 울먹였던 우리
나에게 배운다면서 늘 답을 달아줬던 너
미동도 않는 이파리들
말이 사라지고 폰조차 종일 누워만 있던 날
너의 신호음을 빼면 나에게는 비시간이었던 하루
그 무음의 하루를 기억한다

누가 먼저 그대라고 고백한 건지 잴 수 없는 것처럼
서로에게 그대라고 부르는 것이
그대의 그대와 나의 그대가 바뀐다 해도
아마 우리는 모르고 살 거야
나는 그대로 그대는 나로

다음이 생긴 거다
-코로나 19

더구나 동력을 잃어버린 나날
친구를 만난다는 건 극한 설렘이라며
나의 성소인 새벽이 길게 울었다
텅 비어 있음도 꽉 찼다고 하는 사람도 있겠지만
난 아직 거기까지 도달하지 못했다
여기도 하늘이 있고 사람 사는 곳인데
보이지 않는 별처럼 가둔 이 없는데
감금처럼 생긴 자기 고립이 흰빛처럼 지독하다

그와 나의 시간이 섞이는 날은 남김없이 피는 것
피고 피다가 누구 하나 그럴 수 없는 이유가 생긴
다면
쓸쓸해질 수밖에 없는 우리 그리고 그렇게 또 살아
가는 우리들
토마토피자에 샐러드 맛있게 먹었다

더는 먹을 수 없어 덩그맣게 남아있는 쟁반의 메뉴

를 들려다보며

　좀 더 같이 있을까 하다가 다음에 또 보고 그때 먹
으면 되지 하면서 웃었다
　참 잘한 것 같다
　이제 거리 두기도 없어진다니 다음에는 영화도 보고
　즐거운 시간도 갖자는 약속
　타원형치즈를 안고 있던 토마토피자와
　마주할 다음이 생긴 거다

　냅킨에 박힌 두 음절을 뚫고 뾰족뾰족 올라오는 새
순의 연두들
　아! 좋다 하던 나의 탄성을 오월*은 듣고만 있지 않
을 거다
　행사가 많은 달이지만 아마도 우리의 예약만은 딩
동댕

　* 브런치레스토랑 이름

모든 관계는

남들이 좋아하는 사람이 되려면
거짓으로라도 바보가 돼야 한다

알면서도 모르는 척 감아버리는 것이
문제의 발단이 된다는 걸 알면서도 무시하고 그저
좋다 좋다 한다
그런 나를 내가 봐도 한참 비굴한데
내가 신뢰했던 알곡인 사람들의 실상을 살피니 진
작부터 바보였다
인간을 지배하는 것은 오로지 땅 위의 인간뿐이라고
만날 수 없고 보이지 않는 명령의 신은
결코 아니라던 푸른 시절의 선언도 접고
처절하리만큼 지친 몰골로 한 계단 한 계단 내려
서며
밤새도록 그래 그래 한다

최근의 나를 뒷받침해 주는

논쟁에서 이기면 친구가 없다는

단톡의 글을 보면서

승자는 반드시 참말인데

진제의 오도를 방조하면서까지

관계와 체면을 앞세운다면

이 시대의 추방감이라 개탄하며

모든 관계는 아름다운 진실에서 온다는 결론이

다시 체온 1도를 높이기 시작했다

보고 싶은 것만 보고

정작 봐야 할 것은 외면하고 보이지 않는 곳까지
던져버리는

현상을 발견하면서부터

답이 없어도 있을 때까지 문제를 출제한다

검은 구름이 나를 보고 몰려온다

고독 마지막 계절 휘몰아치는 바람

나에게로 오는 것이라면 놓치지 말고 다 받아주자

축복이라 하지 않았던가

비는 내려야 하고 누군가는 반드시 젖어줘야 한다
는 진실 앞에

신이 없는 세상 한세상 괜찮게 살았다고 위로하며

좋다 좋다 했더니 익숙해져 좋아진 것이 아닌 정의
로운 좋다가 되었고

그래 그래 하다가 이그래가 되어 버린 나를 넌지시

서러웠다

해는 점점 거리를 두고 나는 죄인도 아니면서
좁은 길을 따라 어둠에 든다
떨어져 굴러다니는 잎들이 그이가 아니고
나라는 생각에 서러웠다
그이 떠나고 얼빠져 다친 내가 서러웠고
슬픔의 구성이 탄탄해서 서러웠다
어떤 배열과 수정도 거치지 않고
직진하는 울음이 너무 서러웠다
이제 무엇이 중요한지 아는 것조차
설움이 되더라

아무렇지도 않게 대하는 사람들이 서러웠고
지현아 혼자 처음 맞이하는 가을이 서럽제 하고
불러주는 절친의 네가 나보다 더 서러웠다
밖에서 들어오는 와장창 깨진 소리
땅에 박힌 스키드마크 소리가 분명한데
박차고 나가보면

아무 일도 일어나지 않았다는 오싹함의 실토
어디서 들어본 환청 내가 혹시? 하면서 검색창에서
밤을 지새울 때 참 서러웠다
무게도 없으면서 움직이지 못하는 이 고요와 더
불어

모진 마음은 어느 먼 외곽에서 온다던가
물끄러미 속으로 들어오던 포기란 글자
이것도 저것도 포기를 선택하자
나 자신을 포기한 거라는 결론이
변방의 사연처럼 너무나 두렵고 서러웠다
이래도 저래도 전부 다 서러웠다
내 곁이어서 고마워
그리고 사랑해

"코로나도 종식된다고 하니
우리도 가을을 즐기자."고 하던 너의 멘트

수경아 많이 미안해

남은 우리들의 가을을 밭떼기처럼 몽땅 사자

2023. 10. 27

빠른 시간을 산 듯

11월 무엇을 덜 먹은 것처럼 자꾸만 허전하다
빠른 시간을 산 듯
익지도 않고 떨어진 수두룩한 생 이파리
그 더미에 내리는 덜 여문 눈

결국 열매가 될 수 없는 아스팔트에 엎어진 광고
지들
어둑한 성안길 아트박스 앞에서
카드캡터세리의 행복한 크리스마스 그리기 33편도
덜된 사람들의 철없는 생각처럼
미완의 모습으로 내 안에 있다

결핍이다
추락을 위한 도움닫기에 들었는가
어디서 막차가 출발했다는 곧 이곳을 경유한다는
메시지
어떤 징벌 같은 풍화의 입성이 틀림없다

의미가 긴 여운을 낳던 순간

중심에서 멀어지며 떨어지는 부스러기

그 풍화의 진화를 동의하지 않았는데 반응조차 풍
화다

어쩜 세상으로부터 철수당할 수도 있다는 예감에도

먹을 것을 향한 수소문은 참으로 쓸쓸한 일이다

늦은 밤 예식장에서 돌아올 그의 시간

작은 답례쇼핑백이 반짝 허기진 세상으로 뛰어든다

캘리에서는 ㄹ이 꽃이라는데 꽃답지 않게

금린의 차선영 선생님이
시범을 보인 '길'이라는 캘리그라피 글씨는
마치 사람들이 다니는 보통의 길을 뛰어넘는
혼자 밟아야 하는 고독한 삶의 길을 연상케 했다
(선생님이 되기까지 3시 전에
꿈나라로 가 본 적이 없었다던 여음이
한 번도 그 생각에 있지 않았던 나를 다 알고 있다
는 듯
조용히 들여다보는데 편치 않았다)

캘리에서는 ㄹ이 꽃이라는데 꽃답지 않게
왜 제자리에 조용히 서 있는 기 자字를
다짜고짜 아래로 끌어내리는지
어쩌면 꽃(ㄹ)은 지는 것이니까
땅으로 떨어지는 것이니까
꽃답기도 한 것 같다

어차피 우리들의 길은 태생에서부터 내리막길
꽃에서 찾을 수 없는 오르막은
내리막길의 첫걸음이 아니던가

깊은 하루 침묵 속에 무슨 일들이 있었나
꽃(ㄹ)이 유심히 들여다보는 나를 혼절시키듯
거대한 과속까지 유도하는지 확실히 모르나
그건 뒤에 서 있는 엄청난 대기조들이
다음 세상으로 떼미는
시간이었음이 분명하다

그날의 자극

눈雪이 온다는 세레나의 목소리가 마르기도 전에
눈은 그쳤다
소담스럽게도 그는 시도 잘 있느냐고 물었다
그렇지 못함이 어젯밤의 근심
소중한 근심이었다고 말하지 못했다
시의 궤적이 사라지고 늦은 나의 아침은
눈이 왔던 순간들로 하얗다
자신에게까지 숨긴 평화롭지 못한 마음으로
진지한 그의 안부를 전하려
가지 위의 흰빛 속으로 서둘렀다

눈은 기척을 들었는가
하얀 결정체를 언제부터 터트렸던가
가지 끝에 매달린 눈의 물방울은 떨어지지도 않
은 채
끈적이며 나를 보는 듯 한처럼 맺혀 있었다
우리들의 사계 시보다는 건강이라는

병에 돌입한 저린 통곡을 배신으로 들었던가
시 한 줄 출산하지 못하면서
시인으로 살아갈 수 있을까

아 방전이 없던 내 시의 불꽃들이여

한때 눈 빠지게 기다린 것도 아닌데
어느새 그 빠진 자리를 점령이라도 한 듯 눈꺼풀
속에서
진작부터였다며 뛰쳐나와 반기던 시
내가 쓰고도 뜻을 몰라 정말 내가 쓴 시일까 의아
했던 시
나와는 차원이 다른 뭔가가 있어 보이는 듯한 시
를 두고
소심해지던 밤을 견디며
어느 시가 참이고 아닌지를 따지며 캐고 다녔던 시
우리는 서로에게 너무도 위험한 마약 같은 존재라

면서도
　　찬양하듯 불붙은 광기를 분해하고 조립했지
　　은밀한 만큼의 어둠을 뚫고
　　달을 꺼내 별을 접고
　　별의 숨통을 막아 해의 요절까지 공모했는데

　　조약돌로 돌탑의 무늬를 자유롭게 쓰는 것처럼
　　언제든지 쓸 수 있는 핸드크림*에게
　　안 쓰는 것이 아니라 쓰고 싶어도 써지지 않는다고
　　외면당했다고 털어놓을 수 있을까
　　언제쯤

　　*세레나에게 받은 선물

유배지에서 유배되다

다산으로부터 목민심서를 하사 받았지만
하피첩인 양 들떴다
유배지 자체가 주는 거룩함으로
그가 지나던 사색의 길
2월에서 3월로 간신히 오르는 핏기 같은 길을
조심조심 디뎌 본다는 설렘에게
너무도 반가운 새 아침이 왔다
밤을 설친 건 그때의 다산이나
이번을 놓치면 다시는 갈 수 없으리라는
절박함과는 같은 맥박일 거다

중요한 건 1포 2군이 아닌
크게 의미를 두지 않는 치마글씨인 하피첩에 있
었다
한때 유행하던 기다려라는 순이의 말보다
늑대소년* 철수 입에서 처음 나온 가지 마라는 말에
밑줄을 긋던 것처럼 가장 재미있게 본 드라마가

아무도 안 본 시청률 최하위였다며 웃던 딸 연이
의 말을 듣고
내가 좀 떨어지나 하는 생각에 머쓱했던 순간이 또
웃는다

유배지의 다산이
부인의 노을빛 치마폭에 새긴 애틋한 가족애
우리 사는 동안 가족의 사랑 말고 무엇이 첫째이
던가
아마 500여 권의 저서도
혈육과의 끊임없는 사랑의 접속이 뜨거운 집필을
가능케 했을 거다

나는 아직 강진에 있고
다산에게 매일 매일 다른 근勤과 검儉을 배우는데
처음엔 동참한 시들이 시큰둥하더니
근검의 도입으로 키와 몸무게를 넘지 않아야겠다는

정녕 무시할 수 없는 최적을 학습한 듯 의욕이 대단하다

모레는 우래優來를 쓰셨던 그때를 들려준다고 하니

영딴판이 된 나는 그 절대의 힘이 곧바로 성장으로 직결된다며

자존감이 어디까지 올라갔는지 눈이 아주 먼 듯하다

다산 기념관 플래카드에 지문을 새기면서도

그대 손이라도 된 듯 좋은 글을 쓸 수 있다고 자신했던 순간

이 모든 걸 두고 부끄럽게도 특화를 위한 준비 작업이라 생각하니

낙차의 높이가 폭포의 키를 넘어 하늘로 뛰던 장관이

불시에 스쳤다

지금은 약간 성능이 떨어진 나의 전용 119

원하는 것이라면 무엇이든 다 챙겨주던 일등공신
슈퍼엘리뇨 불구덩이 속에
나를 유배지에 유배시킨 포도대장 정철원은
기이하게도 메타포이지현의 아들이다

* 영화제목

제4부

더이다

금방이야

다음 승강장에서 내리려고 뒷문으로 갔다
나보다 좀 더 휘발된 죽음이 빠를 듯한 여자는
차창 밖을 가리키며
저게 목련이지 하고 물었다
아 벌써 목련이네요 했더니
금방이야 하면서 고개를 돌렸다
독백은 검었다
핀 꽃을 발견함과는 달리
이미 지고 있는 현상을 목도했다
어느새 그를 도모하는 끊어지는 목숨
웃음치료사가 나누어 준
사전의료의향서가 서랍 속에서
덜컹 차오르는 전생을 반납한다
버스는 시계탑에 섰다

꾸준히 웃는다

밖은 온통 꽃바다
위험한 블랙아이스 그 고비를 몇 번씩이나 넘기면서
찬란한 개화 봄이 오는지
또 무슨 색깔의 꽃이 나를 마음에 두고 있는지도
알 것 같던
스무 살의 빛이 흐려지던 날
봄이 다한 소리처럼 마음이 몸을 탈출하고 입속은
온통 벌겋다

−흩날리는 벚꽃에 비가 젖는 밤
처염의 물방울이 눈동자로 튀던
설레며 지는 봄밤−

후두가 부어서
목소리가 나갔다는 진단은
봄과는 아주 먼 영하에 머무는 수은주처럼
확 내려간 3712의 기록적인 발자국이

침대 위에 까라진 나를 보며 실성한 사람처럼 꾸
준히 웃는다
　이것이 나의 봄이던가
　그래도 봄 앞에선 한마디도 꺼내지 않았다

　－어제 본 빨강 패딩 겨울이었는데
　대교천보행교 몇 걸음 앞두고
　냉이 쪼는 그 패딩 보기만 했네－

　어둠으로 찾은 휘게 문고에서 계절의 시작이 돼 보
려고
　미륵이 아버지*를 서가로 모셨는데
　그것도 잠시 기존의 내가 더 편하다
　며칠 전 박 수필(옥희)이 전해 준 싸늘한 소식이 연
일 뒤척인다
　사랑방 손님의 최근이다
　연락 두절에 투병 중이라니 막연히 아프다

한때 웃으면서 아무렇지도 않게 사랑방 손님과 어
머니로 칭하자며
　　우리들의 모임이 기다려진다는 수수함을 전했던 그
　　하루가 내려 감기는데
　　만보기 숫자 위에 성에가 낀 듯하다
　　그의 닉네임인 겨울비인가

* 류시화

소문

별이 보이지 않아요
밤하늘을 쳐다보기 전까지는
반짝였는지 알 수 없어요
밤만 되면 찾아다니는 저를 보고
거북해서 숨어버렸다는 생각도 들지만
제 눈에만 보이지 않는지 모르겠어요
별이 없다는 얘길 듣지 못했거든요
그럴 땐 이름이 있는데
실체가 없어질 수 있다는 생각이
긴 시간 저를 갇히게 했어요
자리 이동 없이 뜬눈으로 밤하늘을 지키니
수정체가 건조한 나머지
한가운데가 타버렸는지
그래서 별이 트지 못하는지
별의 외면이 어디서 시작되었는지 의문이에요
어쩜 제 눈빛이 보이지 않는 곳까지 들어가는
조금은 차이가 나는 사람이라는 걸

알고 있을 수도 있어요
지난여름밤 아파트로 들어서는 달과 마주쳤어요
자신은 달이 되기 이전에 사람이었다고 소개하기에
저는 시를 쓴다고 했거든요

아마 그래서인 것 같아요

뒤주

―유당마을 속으로

진실로
그대보다 하루라도 더 살아 보았다면
평안인지 금세 알았을 거예요
궁금하지 않다면서
다 사람 사는 곳인데요 했지만 실은 그렇지 않았
어요
망설이다 망설이다 들어섰는데
별안간 시큼 시큼과 쓰라림이 전신을 공격했어요

그대 무지하게 사랑한다 해 놓고 이럴 수 있나요
무지하게 아프게 했거든요
조촐한 책꽂이에 버리고 떠나기가
제 눈엔 그대를 괴롭히는 집착처럼 보였어요
떠나면 저절로 없어지는 것들인데
눈도 감지 않은 채 지레 집을 버렸나요
방 안 곳곳에 미사처럼 순수하고 단아한 소품들
힘들 때마다 아슬하게 동행했을 오로지 지팡이는

벽에 기댄 성체였어요

어떤 말씀이 차고 시린 이 고립을 막을 수 있을까요

이렇게 추스르는 동안 나흘이 지나고 있어요

기다릴 줄 알면서도

블로그를 들렀다는 말 못 하겠어요

다른 사람들이 호텔 같다고 했다는 말

저는 솔직히 자신이 없거든요

서른 평 넓은 공간

왜 자꾸만 사도세자 생각이 나는지 모르겠어요

모르겠어요

무궁화 꽃이 피었습니다

노래교실에 다니는 그이는
집에 오자마자
머리 어디서 잘랐느냐고 여러 회원들이 물었다고
했다
집사람이 잘랐다고 했더니 모두 탄복했다는 소리에
어리둥절했다

집에서 자른 것이 두 번째다
빡빡 민 듯 자른 머리
내가 자르면 어떨까 하면서
아쉬운 대로 가위와 면도기를 사용해 봤더니
첫 작품인데도 그럴 듯하게 나온
대두인데도 커버가 된 두상을 보며
됐다 됐어요를 연발하자 그도 뜻밖이라는 듯 만족
해했다

웬일일까

복지관 이미지 어디 숨었지

시인은 천재라며
못 하는 것이 없는 전능자체라던 그는
유명 헤어디자이너라며 치켜세웠다

두꺼운 고전들이

세상에 존재하는 늙음이 불쌍하게 보였을 때
그 슬픔의 근원이 나에게도 들어와 있었으니
같이 산지가 좀 됐다
어쩜 나의 늙음을 다른 늙음들이
먼저 알아챈지도 모르겠다
아무리 동안이라 할지라도

어떤 생산도 뜨거움도 아닌 늙음이
섬광처럼 번쩍하는 찰나를 놓칠세라
하나 둘 약속 시간으로 속속 들어온다
영천의 체온이 39.4도로
응급실에 실려갔다는 뉴스를 시작으로
서로의 안부를 물으며
숟가락에 집중하는 맞은편의 늙음들

잘 보이지 않는 저 안쪽에선 두꺼운 고전들이
노포처럼 먹어서 비워진 그릇을 놓고

음식 궁합 애기로 분주하다

쓰나미

싯다르타가 출가하기 전 화장장을 지나면서
죽음이 무엇이냐고 묻자 마부인 찬나가
헤어짐입니다라고 답했다는 얘기를 듣자 눈앞이
아뜩했다

죽음과 헤어짐이 동색이라는 최초의 발견

죽음을 두고
돌아감과 떠남을 비롯해 수많은 표현들을 접했지만
한 번도 그런 뜻으로는 감히 듣지도 생각지도 못
했는데
그래서인가 신선하게 들어온 낱말 하나의 밀도가
얼마나 깊은 나를 순식간에 길어 왔는지
마음 놓고 흐르지 못했던 최봉수 교수님의 특강실
을 벗어나자
터진 보처럼 통제가 안 되었다
다시 만날 수 있는 또 볼 수 있는

적어도 나에게는 살아 있는 사람들만의 관계로 통
용되었던 헤어짐이란 말이
다시 볼 수 없는 죽음 속에 그 엄청난 본체가 도사
리고 있다는 걸 모르고
담담하다고 했던 열등에 소름이 끼쳤다

문득 티브이화면에서 본 듯한 그날의 섶다리
섶다리 위로 흐르던 장례 행렬
다리 끝점에서 산 자들은 더는 따라가지 않고 멈
춘 채
통곡만 하던 장면이 그것이었나

아 무생이고 싶다

척박한 곳에서만 송이도 포자를 만들고
난도 피운다는데
얼마나 견고한 둘 없는 척박함이기에

시듦도 없는 영생의 헤어짐이 탄생했을까
한 번도 들어본 적 없는
헤어짐의 저자는 대체 누구던가
아 죽을 수는 있어도 헤어지지는 못한다
어제 보내온 축복이의 태아 사진
두 손으로 탯줄을 꽉 붙잡고 있는 너무도 신기했던
손자 모습이 어른대기 시작했다

어머니 시

효는 옛날부터 다른 사람에 의해서 발견이 된다고 하더라

활동성이라 안에서는 살 수 없어 밖으로 나오니

눈동자를 채우는 거동이 크고 너무 귀해서 금방 알아본다는 말을 들었는데

오늘 그 타인이 내가 되어 아들인 너를 체감할 줄이야

열대야는 성수聖水로 찼다

어머니의 시라는 상태 메시지를 발견과 동시

급히 스쳤던 너

어릴 적부터 엄니*라고만 불러 주던 네가 나의 아들이어서

그렇게만 불리던 내가 너의 엄니여서

건조기에서 나온 빨래가 빨갛게 익은 빛깔의 물이 되었는지 모르겠다

10년 넘게 유학길에서 쓴 메일도 엄니라고만 칭했

는데
　어머니라는 글자를 처음 쓰던 너의 순간이
　평생을 우린 고결한 이슬방울로 다가온 엄니의 지
금과 같았음을 안다
　어젯밤에도 엄니가 좀 푸근했으면 좋겠다고 주문
했을 때
　난 죽을 때까지 달라지지 않을 거라고 했지
　그런데 하룻밤 사이 이생에서 처음 만난 어머니란
이름으로
　거룩한 흰빛이 물결을 이루니
　고행처럼 지난한 눈부심이 있었음을 짐작한다
　강산에 핀 꽃들이 더욱 봄을 빛나게 하듯
　이제 너의 어머니로 거듭날 것을 다짐한다

　지상의 어머니들이 다 그렇듯이
　엄니에게도 너는 해 뜨는 곳이자 문화재다
　지키고 길이 보존해야 된다는 일념 외엔 일축이다

엄니 못지않게 티브이드라마에 나온 엄니 시를
세상에 알리려 동분서주 댓글로 남겼지
시를 잊은 그대에게 수신자는 바로 엄니였다

수년이 지나는데도 엄니는
그 순간 그 강물에 담근 발을 아직 빼지 않았다
어제의 지금도 내일의 지금도
오늘의 지금처럼
어떻게 내 시가! 하면서 감탄으로 살아갈 거다
그 순간 역시 나를 영영 놓지 못할 거다
두문불출한 엄니 시의 선택은 천운天運이 틀림없다
이로써 엄니의 삶은 빛이었다고 종결 어미를 찍는다

우리는

그대는 봄이고
나는 꽃이야

그러니 무심천 벚꽃이 눈 밖에 있지
나는 봄이고
그대는 꽃이야
그래서
내 눈 속이 온통 그대지
우리는 꽃밭이고
우리는 봄이야

할머니의 시가 배경이 된 화면을 머리에 이고
이제 막 어 어 하면서 내적 언어를 시작한 손자인
준후가
입에 검지를 넣은 채 생사유전을 생각하는지
프로필 사진의 눈동자가 눈앞의 장난감을 벗어나
있다

잊는다는 거

들리지 않는 것도 들리는 듯
보이는 듯하면서 보이지 않는
그렇게 자신에게 속고 속으면서
자연스럽게 흐물흐물해지다가
다시 또렷해지는 것
이런 반복이 가소성에 의한 정형행동 같지만
싫지가 않다는 거
한 번도 어둡지 않던 밤
사양할 기회마저 주지 않던 눈물
지나간 어제처럼 오늘 속에 있는 거
잠시 죽었다가 불시에 살아나는
꽃을 기억하는 씨앗처럼
봄을 기억하는 결연의 나무처럼
잊는다는 거 있지 않다는 거
없다는 거
늦은 밤 잊고 지나던 결혼기념일
축하와 사랑한다던 그날의 시간은 살아서

제자릴 지키고 있었다는 거
잊는다는 건 발음 그대로 존재 자체
있는 거였습니다

태양의 여자

차창 밖 몇 겹의 구름으로 둘러싸인 해
폰 카메라는 반사적으로 질주했다
생성과 소멸 사이 그 사이를 놓칠까
닥치는 대로 눌렀다
갤러리를 열자 이게 웬일인가
해의 형체는 사라지고 벼락을 맞아 터진 듯한
김이 오르는 듯 막 기체로 가고 있는 물질
구체적이었으나 형언할 수 없는
핏물이 도는 붉은 물질이었다
이게 무슨 암시인가
달라질 것이 없다는 걸 알면서도
어디에 홀린 사람처럼
확대와 축소는 몇 날 며칠로 이어지고
편두통이 오는 길을 밸브로 잠갔으나
약이 곧이듣지 않았다
두려웠다
감히 내가 하늘에 도전했다는

난도하듯 수도 없이 무작위로 해를 찍었다는 거
기어이 심장을 꺼냈다는 것
더운 열기를 품고 있던 선지鮮血
무엇으로 살아갈까

세상이 돌면
사람들 정육점으로 간다지

사라지다

나에게는 내가 없고 나만 있다
내가 어딜 갔나 했을 때
나를 업고 묵묵히
그림자를 따르는 나 아닌 내가 있었다

그는 시詩 하나를 움켜쥔 채
죽기를 소망하듯 살았니를 두고
죽었니 죽었니 하면서 흔들고
심지어 숨이 끊어진 듯하다고 소문을 내기도 했다
사람들은 들은 척도 않는데
자기는 내면이 없어졌다고
나의 오래된 날들이
다 삼켜버렸다고 분노했다
그러나 타오르는 시를 만났던 순간은
영락없이 나를 시라고 부르는 시인이 있었다

나는 차고 작은 씨앗에게 다시 다가가

살아 있는 거지를 속삭였고 살았지를 강요했다

심지어 태동이라면서 큰 소리로 움직인다고까지
했으나

복종은커녕 인정도 없었다

사람 속에 사람이 살지 않듯

나에게는 핵이 없다

식민지는 절규했다

낮잠

비가 내리는 것처럼
밖은 대체로 흐림 같았는데 잘 모르겠다
승객의 유무는 물론 행선지도 알 수 없는 버스 속에
바람이 있었는지
눈앞에서 나풀나풀 부딪치듯 흩어지며
그림자를 그리는 작은 이파리들의 유희를 본 것 같고
눈동자가 미끄러지는 윤기에
해가 어디 있지
반사적으로 일어났다
생시로 돌아오는 반환점이었다

꿈은 참 난데없는 것

-빛이 있는지 창을 여니
음산한 차림의 가을이다
사랑해야지 이 가을 그리고 나-

전인미답의 길

그 끝점에 다다른 엄마 같은 언니 둘

가을이 더욱 가을이기 위해 더 많은 이파리를 떨

어뜨리듯

그 위에 뜨거운 눈시울을 수없이 심었다

백발이 찾아오면 육체 위에

메뚜기 한 마리도 짐이 된다고 했던가

오늘도 초미세먼지 농도가 아주 나쁨이라고 절대

문을 열지 말라며

당부하던 그이 음성이 집 안 곳곳을 휘젓는다

위로

눈물이 또 다른 한 눈물을
가차 없이 밀어내는 현장을
목격이라도 한 걸까
익명의 청년이 보낸
아프지 마요라는 그림말
늘 바람이 이는
외벽이라 여기는데
이토록 찬란한 염려가 있었네
나에게도

아직은 낯설어할 달님의 집
서로가 아니면
아무것도 안 되었던 그와 나
속절없이 반짝이며 떨어지던 슬픔
슬픔에 기댄 채 밤을 가득 채우며
내가 곁에 있다고 같이 있다고
괜찮다고 한 말

밤말에게 들었던가

−세상은 비
봄은 어두운 빗방울
꽃송이 같은 하루가
달님의 집에서 나오지 못하는
그대를 닮았어요−

그이 첫 기일이 모레
따스함의 연락처를
그림말이라 적어보는 처음 봄 같은
24년 2월의 어느 날

쓸쓸한 만큼

몸이 아픈 건 약으로 듣지만
마음 아픈 건 힘드네
아픈 마음이 아픈 마음의
약이 되려 하니
감당이 안 되네

그가 떠나고
의심이 생겼네
모든 기능이 상실이네
나의 두 눈이
그이의 두 눈과 함께여서
사방이 보였는가
네 개의 눈동자가 서로 합심하여
팔방이 펼쳐졌던가
볼 수 없는 곳까지도
드러내어 보여줬던 그때였네
보이지 않는 것은 영원하다는 말

영원하지 않다고 결사 반기를 드네

아 다스릴 수 없는
오롯이 남은 의심이 아프네
쓸쓸한 만큼

더이다

어디서 무얼 하든
본질을 잃지 않는 분자처럼
어떤 경우에도
소실점은 있을 수 없다는
가족의 정의를 되새기던 날
그 탄생 위로 서설이 오더이다
기다림도 아니면서 기다림 속인 듯
다 떨어진 떨어짐을 디디며
진다는 거 다시 오른다는
진리를 걷더이다
귀뚜라미 한 번 울었는데
입동이더니
성큼 봄이 들어서더이다
그대를 추모하는 지금
지금을 내려주신 거룩함
더운 눈물이 대신하더이다

한때였다

오랜 장고 끝에 완성된 사랑하는 나의 시와
성지순례이야기는 대단한 것이 아니다
시인으로서 다음이 오지 않을 수도 있다는
쓸쓸함을 거둬들이며 여기까지 온 자잘한 이야
기다

더 가벼워졌다는 체중계의 경고가 있던 날
훅 불면 빛을 발하며 오르는가
난 여기 있으면서도 미리 그곳에 도착해 보는 신기
한 순간의 음미
밤하늘에 별이 없어도 새가 나무를 그리지 않아도
흐린 당신의 오늘과
문득 기도가 절실하다는 생각까지 놓아버린
현상계에서 멀어진 나를 발견했을 때
배제할 수 없었던 그 외로움
언급처럼 극진한 나의 사소함인데
사찰 속에 암자가 있듯

시 속에 가끔 들어있는 작은 시
지금 보니 드문 신상이다

살아있는 우리는 항상 하지 않다고 하셨지만
걸어온 길을 그대로 기록하는 날들은 항상 하지 않
은 날이 없었고
외도는커녕 빛깔 또한 침묵이었다
전생을 두고 놓침과 잡음 기억과 망각 사이에서
삭제와 복원을 거듭하며 첨예한 대립으로 겨우 탈
고를 마친 날
그리 잘난 것도 없는 사람을
시인으로 만들어 낸 범백사물들에게도 경배의 시
간은 길었다

오늘은 자축의 날
시인 이지현이라는 이름을 다하고 싶었던
시가 아니었음 내 어디서 이런 치열함이 됐을까

남은 생을 오롯이 24시 안에 다 쏟지 않으면 안 된
다는 듯

미친 듯이 38도 기온에 이불 두 채를 욕조에서 세
탁하고

육거리서 자연산 미꾸라지를 찾아내어

먹지도 못하는 추어탕을 끓이는 용기백배

일을 잘한다고 평소 당신은 황소야 하던 산행을 떠
난 그이 말이

흡사 구룡산 꼭대기에서 오는 듯하다

아들네 반찬 몇 가지 하고 자리에 누우니 새날이 오
르는 듯 동살이 비치는데

어제 나와 같이 집에 온 『정약용의 여인들』은 아직
도 23쪽이라고 야단법석이다

나의 성지순례이야기

내가 말을 더듬고
잘 듣지 못해도
자식들이 짜증 없이 들어줄까
세상이 나를 접수하고 긍정한다는 자부심에서
무엇이든 다 할 수 있다는 자존감이 절정이지만
마주하는 사물들이 희미해지는
읽어도 실행이 어려운 예민한 시점에
나는 그저 너희들에게 그야말로 흐릿한
몰라도 되는 먼 존재가 된 듯하다

관심 밖이라 생각되자
불행의 서막인 듯 지속적인 병의 간섭이 시작되었다
스스로를 의지하며 아무도 믿지 않는다고 큰소리
쳤는데
그게 아니었나 보다
내 늙음을 만만하게 보고 쳐들어오는 악성바이러
스를 발견하면

너희들도 함께 사투를 벌이며 긴 날을 나와 같이 끙
끙할 텐데
　못 들은 척하면 안 되는 걸 그래도 되나 싶었다
　내가 오후의 속도인 서편으로 들면서
　달갑지 않은 외로움을 타는 것인지도 모르겠지만
　대답이 없다는 건 엄마라는 존재에 의미를 두지 않
았다는 결론에 이르렀다

　그런 일이 있은 뒤 아무리 눈을 떠도 떠지지 않는
　심상치 않은 비슷한 꿈을 며칠 사이 두 번씩이나 꿨다
　법정 스님께서는 잠을 자니 꿈을 꾼다며 늘 깨어 있
으라 하셨지만
　불길한 생각에 혹시 하며 해몽 검색으로 들어갔더니
　용서가 안 되는 일이 있으면
　마음이 열리지 않아 눈을 뜨지 못한다는 풀이를 봤다
　숨이 멎었다
　50%를 이해하면 50%가 편하고

100%를 이해하면 100%가 편하다는 법륜 스님의 즉문즉답을 들으면서

맞다던 긍정의 고개는 어딜 보고 있었는지 내 피 같은 너에게는 물론

그렇게 자기애를 주장했던 엄니 자신에게도 잔인했던 거 같다

사랑은 축복이지만 동시에 불행의 기원이기도 하다는

어디서 본 글이 쓰리다

막내인데도 치사랑을 하며 컸기에 자식 사랑은 너무 쉬웠다

해가 빠진 거리에 불빛이 들어서면서 온전한 하루가 마감되듯

내일보다 더 중요한 지금

뛰는 지금은 따로가 아닌 우리가 엮어 가는 거다

싹을 틔우는 봄만이 가을의 열매를 기대할 수 있다는 건

살아가는 우리들의 기본값이다
세상에서 가장 강력한 집단이 가족이며
필연적인 관계라는 걸 잘 알고 있을 거다

−꽃철이 다한 비누가
새 비누에 안겼더이다
무겁지 않으니
안아 주는 비누도 안겨 있는 비누도
그리 부담스럽지 않다 하더이다
그래도
우려 속에 윗몸을 일으키는데
언제부터 한 덩이였는지
새 비누 헌 비누 할 것 없이 살이 찢어지더니
피가 솟더이다−

언제 둘이 함께가 돼 버렸는지 몰랐던 것처럼
부모와 자식은 일체이자 서로의 보호막이다

어린 자식에게 부모가 필수인력이듯

부모에게도 적용돼야 한다는 것이 엄니의 지론이다

그런데 그 길이를 재어 보면 부모의 보호자가 될

수 있는

너희들의 시간은 아주 짧다는 거다

엄니도 그 안타까움을 겪어봤거든

다행히도 부가가치가 가장 높다고 생각되는

유학이란 어려운 길에서 최고를 이끌어낸

지금 너희들의 삶을 보면서

부모로서 더없이 보람되고 마음이 놓인다

그리고 바쁜 가운데서도 늘 곁에서 시간을 할애하는

너희들이 있기에 행복하고 든든하다

지난 내 생일날 이서방 참 고마웠네

그날의 축하기도는 내 생애의 맨 처음이었기에

순례이야기가 초대를 한 듯하네

이제 엄니의 봄도 들어간 지 오래됐고

쉴 새 없이 옛날로 가는 중이지만
어마어마하게 늙지도 젊지도 않은 적당한 지금의
나를 호감한다

─으레 껏 기다리다
공치던 시간들
너희들의 것이었다
쓰지도 않았는데
거덜이 났다─

이제 끝점에 다다른 듯
생전의 부모 형제가 그립다
십 년 고시 공부에 양과 패스한 자랑스럽던 큰오빠
그 여파로 오빠 둘은 미납으로 고교 졸업장이 없
었고
통학을 했던 나는 서무과 직원의 도움으로 무사히
졸업했다

―부끄럽게도 등단 소식과 동시에 이 시인이라고
불러주셨던
　기억 속에서만 들을 수 있는 큰오빠의 목소리
　실컷 들어놓고 다시 한번 해 봐라
　말이 빨라 무슨 말인지 모르겠다며
　웃으면서 쳐다보던 그리운 기호 오빠
　"지금 너밖에 더 있나"하는
　내 살 같은 승호 오빠
　두 박스의 사과가 도착했다고 놀라자
　"그래 네 언니는 모른데이
　언니 저기 온다."는 말이 끝나자마자 폰이 꺼졌다
　청송사과 맛있다고 추천한 건 언니인데 하하―

　언니 오빠 모두 결혼하고
　부모님과 세 식구가 살았던 그곳이 아련하다
　7월 장마
　비가 불어 돌다리를 숨긴 큰물을 내려다보며

어둑한 산길을 둘러 장에 가신 아버지 엄마를
움츠리며 기다리던 그 속으로 들고 싶다
쌀 속엔 어김없이 불거진 채 박혀 있던 청사과
앙고라토끼털과 오이 가지 호박대신 들어있던
푸른빛의 쌀자루 속엔 무싯날들의 기다림
그 기다림이 칠해줬던
풋사과의 시간이 주렁주렁 매달린다
우리 사는 곳이 성지이고 살아낸다는 것이 순례가
아니던가
사람들이 여기저기서 성지순례를 떠난다고 할 때마다
부모님과 함께 살았던 곳을 찾아뵙는 것이
나의 성지순례였다
이보다 숭고한 성지가 어디며 이보다 더 큰 의미의
순례가 있던가
부모님의 한평생
어느 종교가 부모님 사랑을
어느 성화가 명화가 성스러운 부모님 사진 한 장을

뛰어넘을까

　번지가 없던 우리 집 산촌은 내 시의 태동이자 산
실이었다

　도지로 얻은 오두막과 물지게를 가르쳤던 샘터

　무거운 생계를 담당하며 폭염과 폭설을 두려워했
던 앙고라토끼

　그 토끼장도 둘러보고 싶다

　탑산 갈비봉 꼭대기에서 땔감용 가시둥치를 부모
님과 같이

　군화발로 밀어서 집까지 굴리던 그때

　찔린다 찔린다를 외치시던 그날의 아버지

　국방색 야전점퍼의 아버지 살아있다

　시인으로 낳아주신 이출이 아버지와 김경란 어머니께

　감사드리는 날이 많아졌다

　가끔 웃으시면서 너는 신문기자나 변호사가

　어울린다고 하셨을 때

여군이 꿈이라고 해서 엄청 놀라셨던 아버지
그 바람의 반이라도 들어드린 듯 최고의 가치 소
비자인
방송기자님과 짝이 되었다.

언론인으로서 늘 바빴고 자정을 훌쩍 넘긴 퇴근길에
서원대 평생교육원 원서를 나에게 건네준 시의 관
문을 열어 준 그이 고맙고
공부를 더 하지 못한 것이 늘 마음 쓰였다는 42년
만의 그이 고백에 충격과
대학보다 더 큰 시인으로 승화됨이 대단한 긍지였
다는 말에 감탄했다

드라마에 내 시가 나왔다는 후배 시인의 소식에
돌연 멍청이가 됐던 순간
가족 친지들은 물론 나보다 더 들뜬 친구들과 동인
들의 축하를 색청으로 봤고
계관시인이라도 된 것처럼 흥분했던 순간순간들

아! 세상에 이보다 더 빛나는 존재를 봤던가

급기야 나였던가

내 시의 데이터는 바로 이런 순간들의 근간이었음
을 확신하며

2018년은 시인으로서 장원의 해로

내 생에 가장 붉은 환희의 해로 기록한다

오로지 한길이어서 행복하고 자유스러웠지만

늘 외롭고 쓸쓸했음을 숨길 수 없다

이를 두고 사적인 고통이라 했던가

모든 빛을 놓아버린 어둠이 될 때까지

엎치락뒤치락하는 마음의 길이 아닌

사람의 길을 갈 거다

진정한 가치를 추구하는

한 편의 독립영화 같은 삶

아마도 나의 노을은 흰빛일 거다

시를 닮은

2025년 5월 메타포이지현

매일 그렇게 되십시오

— 이지현 시인에게

영국이 낳은 시성
워즈워스의 무지개를 보면
어릴 때 뛰던 가슴을
어른이 된 지금도 그렇고
앞으로도 그렇게 되어 달라는 기도

저는 시인들을 존경합니다.
내가 접근하지 못할 깨끗함을 간직한
분들이라고 믿습니다.

워즈워스처럼 그 나이에
순박한 감성으로 시를 쓰는
이지현 시인님
낭만을 소유할 수 있는 선택된 분이다.
그 마음 한 조각을 갖기 위해
산문 속을 배회하는지도 모른다.

— 무창포에서 소설인 고병돌